目錄

輯二

輯三

輯四

輯五

序　內心一天新似一天

——讀林梵鷺鷥新詩集：《日光與黑潮》

宋澤萊

零、有著正面力量的一本詩集

詩人林梵將二〇一二年以來的詩收集起來，出版了《日光與黑潮》這本集子。閱讀完這本書後，叫我感到頗為驚奇。雖然這本詩集距離他二〇一二年所出版的詩集《南方與海》還不到三年，所書寫的種種題材甚至還有部分雷同，但是精神狀態卻來到新的層次。我翻閱這本詩集時，明顯感染到裡頭所帶來的正面力量，受到了極大的撫慰。

這個精神新層次的來臨，和他逐漸放棄因肉體衰竭所帶來的懸念、恐懼有關。

我敏銳地察覺到，多年來，詩人的病並沒有真正打倒他，他反倒站立起來，精神完全超越在疾病的壓制之上了。

回想二〇一二年他所出版的詩集《南方與海》，他就不願向病屈服，正學習如何與他的疾病和平相處，在詩句中盡量尋求療癒，顯出生機，祈求超越，然而不免流露疾病的痛苦和無奈。現在則不同，他超越了從前的壓制，已經能時時能脫出肉體病痛的綑綁，使他的心靈獲得更大的自由，精神昂揚彷若一個痊癒的人。智慧卻藉著肉體的苦難，顯得更為深幽、高遠，終於成就了這本詩集。

我這麼說，心裡頭是萬般不捨的，但是他若干詩句所透露出來訊息的確是如此。

的確，在這本詩集裡，他對生命的理解，對生活的看法，對眼前來臨的新社會新現實的熱情，都達到一個更高的層次。彷彿離開了一道陰影，來到一個甚為明亮篤定的地方。他的詩的境界和以往已經有極大的不同。

底下我將援引這本書裡頭的詩句，加以詮釋，來說明這些更正面的東西，與讀這本詩集的讀者彼此交換意見：

一、對生命的新理解

「生命」這個東西，自古以來就是詩人所書寫的主題，無數的詩人寫出無數有關生命的詩歌。但是，生命總是有限的，它無法永遠存留。因此，生命有限、死亡將至反倒成了書寫生命的重點，感嘆與垂淚反而充滿了整個書寫生命的篇章。不但是詩人如此，深思熟慮的哲學家也不能例外，海德格就說：「我們的存在是向著死的存在。」在林梵的前一本書《南方與海》裡就難逃這種書寫，像是「凡有生，都爭相存活／也終將衰竭死去」「〔種子〕拚死掙扎向陽光的方向／又長出來植物的本體／死，是必要的過程」這些詩句就常常出現。這種觀察生命的方法是否正確，還待商榷。簡單地說，「死亡」嚴重地遮蔽了眾多詩人對生命的描寫，終而無法顯出生命的真正奧妙。

如今，在《日光與黑潮》這本集子就不再如此，林梵把「死亡」放入括弧，直觀「生命」這個東西的實相，生命就顯出它的本相和正面意義。

首先，詩人看出了生命的「延續本性」。在〈祖媽與曾孫女〉這首詩裡，林梵書寫他突然由小孫女的小臉上現出了母親的某些神影，頓感生命的不可思議，於是詩人感到「生命延綿性」原來是一種本質，這種延綿性甚至遍宇宙，無處不在，具有形而上的意義。詩人在詩的最後一段如此寫道：

從遙遠的時空而來
小支流匯合成一條
綿延不斷的
大生命長河
支流也不斷吸納擴張
擴張親族的網絡
不僅在台灣而已
或許地球的任一角落
或許荒涼的月球
甚至遙遠的火星
甚至溢出太陽系

這種對生命無限延綿的領悟，正是詩人新一層次的領悟。的確，生命要不如此，就不是生命。死亡本是對生命的否定，要和生命融合在一起，簡直不可能！這種觀察和領悟豈不比一切受制於死亡談生命的詩人和哲學家要高明嗎？

另外「生命的豐滿歡悅性」也成了詩人歌頌的重點。的確，過多生命中的勞苦，總是遮蔽了我們對生命豐富歡悅的領悟，但是如果拿掉了遮蔽，生命的豐富歡悅本質就頓時顯現。詩人在好友孫大川的母親一百零一歲的生日宴會上看到了這個身為祖母的女人具有這種生命的本質，他這樣寫：

一百加一歲 一〇一
像摩天大樓聳立雲端
活過一個世紀
看遍花開花落
朝代一代代興亡

只管兒女平安成長
孫輩孫孫輩枝葉繁茂

向祖靈祝禱
歸依天主懷抱
每日玫瑰經、念珠
一遍又一遍
生命何等美好

一百零一歲，越過雲端
越活越回去
彷彿年輕的少女
牽手唱歌跳舞
與家人盡興歡悅
忘了所有的不愉快
只記得一切美好
只記得生命的美好

啊生命的美好

這種對生命的謳歌，真叫人開懷。生命本質其實是向著豐滿和歡樂而敞開的，否則何必要有生命？這是生命的根本目的，和勞苦、貧瘠相互對立，豈有融合的可能？

上述這兩個對生命的直觀，正是詩人的新領悟；而詩人的心倘若不來到另一個更高的層次，這種直觀何能產生？

二、對生活的新領悟

由於對生命有了新層次的看法，終於導致詩人對生活有新的領悟。

我們總是對未來有太多的擔憂，不但是市井小民如此，達官富人尤其如此。我們總是擔憂著明日的成敗興亡、利害枯榮，終於導致我們寢食難安、憂心忡忡。這種情況最終導致我們根本無法體察生活，現實的生活變成了一場噩夢。在這裡，詩人為我們提供了「不用憂慮明天」「活在當下」的生活方式，叫我們能過一個好日子。詩人在〈生活〉這首詩裡這麼寫：

我們今天不可能預見
我們明天將知道什麼
甚至我們今天不可能知道
我們明天要死還是會活

我們只能為當下而拚一口氣
為當下而活，工作
欣賞美景享受生活
看雲、聽海，融入自然的懷中
如嬰兒在母親子宮
安安穩穩生養
在宇宙裡胎息

靜待明天的到來
一天又一天

滿懷著期待
生活過每一天

這種領悟，其實是古今中外智者的領悟。然而，提示這種生活方式的哲人的理由都不太相同。有人是因為追尋享樂，而提倡這種生活方式；有人是因為宗教意義，而作如此說。但是林梵在這裡有他極為特殊的原因，那就是他詩裡頭所說的「我們今天不可能預見／我們明天將知道什麼／甚至我們今天不可能知道／我們明天要死還是會活」的這個原因，因此我們必須活在當下。以前，林梵從沒有說過這種生活的道理；以前，在空靈的詩境界中而生活被列為首要，現在則不是如此。簡言之，乃是因為肉體病變所加諸於他的體驗，最後使他得到了這種對生活的本質領悟。能說這種話是不容易的，詩人付出的代價可謂不薄，一般人豈能簡單就悟入這個道理？

三、對新社會新現實的熱情

我和林梵都已經在台灣生活過一甲子以上的人。由於台灣始終是一個殖民地，我們這一代的人的立身處世之道變得十分扭曲。

自幼以來，我們就了解殖民者的可怕，也知道我們的脆弱。成年以後，我們更感到難以逃避殖民者的掌控，身家毫無保障，甚至只憑著殖民者的一紙隨便命令，就可以將我們關進深深的監牢。因此，為了自身的安全，我們學習謹言慎行，盡量不讓自己惹禍。我們強迫自己，在內心為自己安上一副看不見的手鐐腳銬，時時警戒，惶惶恐恐地生活在這個殖民地上。這種無形的戒懼同樣滲透到我們這一代作家的筆尖裡，當我們看到殖民者的不公不義或者感到必須替可憐的故鄉發聲時，我們不敢一下子就落筆，而必須事先考慮自己的安全。假如逼不得已要寫，在字裡行間也顯得畏畏縮縮，盡量模糊語意，以免惹禍。我們作家的文章總是籠罩著一層遮蔽，無法明晰，無法直書。這種現象彷彿是我們這一代作家共同的宿命。

然而，在這本《日光與黑潮》的詩集裡，詩人林梵不再這樣了。由於不再擔憂肉體的生死，他的精神振作起來了。那層遮蔽被他揭掉，詩文立即變得直接、明晰、有力。

我們試看〈逆說〉這一首詩，他第一次對殖民者不再客氣。他襲用阿美族詩人阿道的創意，把「government（政府）」這個詞翻譯成「肛門」，寫出了底下的詩句：

顛倒的世界
實質反面存在

肛門（government）說：「民有、民治、民享」
民為我所有、所治、所享

肛門說：「反攻大陸」
大軍困死海島

肛門說：「三民主義統一中國」
中國集權一統主義

肛門說：「不統、不獨、不武」
中國統戰無孔不入

肛門臭屁連連
放屁安狗心

這首諷刺譴責詩寫得真好，直書殖民政權謊話連篇。的確，這個殖民政權的口號不少，大半是我們自幼以來就聽慣的冠冕堂皇的政治標語，裡頭卻隱藏著見不得人的污穢。詩人林梵藉著他的詩，一次算清，全把它們揭發出來了。

另外，去年（二〇一四）太陽花青年學生反服貿運動震撼人心，詩人親臨抗爭現場，之後，寫出了〈黑潮〉一詩，也是他揭蔽之後的一首詩。全文如下：

太陽的光芒
穿透黑暗靈魂
我們無懼惡靈

勇敢的打破
既有教條、法律條文
衝入立法院佔領（occupy）議場
向國民黨政府
大聲說不
大聲說：捍衛民主退回服貿
我們有不願交易的東西
我們有自己的夢想
我們不隨便被賣掉
我們堅持做主人

（潛藏木馬屠城
黑箱服貿條例
三十秒就要蒙混過關）

我們佔領議場
我們發動群眾佔領街道
五十萬人靜坐凱達格蘭
四周圍的大道
自動自發而來的黑衫軍
靜靜坐下來佔領空間
男女老少手拿太陽花
和平有力抗爭
退回服貿　捍衛民主

做對的事情
就毋需恐懼
我們持續佔領議場
堅持下去
政府頑冥不靈

我們召開人民會議
靜待更多人民覺醒
揭穿統治者的謊言

政府不正義
假自由貿易之名
傾斜向不自由一方
「賣了」了事
世代不正義
留下一大堆解不開的
矛盾社會議題

我們背負學貸
畢業找不到好頭路
即使有，22K起薪

不吃不喝一輩子
買不起自己的房子
一輩子當資本家奴工
還不見得能安度晚年
人間已是地獄
還要伊於胡底？

（反動的政府
反動的說詞
反動的國會
完全喪失監督功能）

不能不改變現況
否則完全沒有未來
台灣只有一個

「賣了」就沒了
我們重新定義
台灣與中國的關係
我們重新定義
台灣人
我們自己決定
台灣的未來
趁夜色籠罩
我們衝進立法院
衝撞佔領議場
衝開各路政客

天佑台灣！

相較他以前籠罩在陰影底下的政治詩，這首詩大不相同。他把他對台灣、學生的熱愛表達無遺，他已經是一個完全無蔽的詩人了。

四、內心一天新似一天

毫無疑問，林梵所出版的這本《日光與黑潮》是近年來他所寫的最具昂揚精神的一本詩。這種精神狀態，是他看淡肉體生死之後所換來的。在《聖經》的〈哥林多書〉四章十六節裡，對生命具有無比深刻體驗的聖保羅這麼說：「所以，我們不喪膽。外體雖然毀壞，內心卻一天新似一天。」詩人林梵的體驗正可以和聖保羅相比。由於深刻的體驗，聖保羅才能使他的傳教勢破如竹。因此，林梵的體驗也必將使他未來的詩臻於化境。對於他看淡肉體的生死，我雖然不捨，但是既然他能使自己的精神一天新似一天，我不禁還是要恭喜他，也恭喜他出版了這麼叫人驚豔的一本書！

二〇一五年四月二十四日寫於鹿港寓所

序詩

我即你

以「我」為中心而活
不要在意別人眼光
「我」如不存在
山川大地不存
萬事萬物就不存
上帝不存在
諸天神佛亦不存

某一個時空

「我」來，佔有一個位置
另一個時空
「我」去，必得讓出位置
另一個「我」
重新探索自我
社會、國家、國際
複雜的網路
地球、太陽系、銀河
不斷膨脹擴大的宇宙

所有必得有「我」
「我」就是中心
不管身處何方
「我」就是中心
以「我」延伸出去

光明與黑暗
都是「我」的分身
即使世界衝突、戰爭
殘破、憂傷
核武威脅、國土危脆
殘破的地面，終要
再長出美麗的花草
有一天，都要趨向美好
光明重新復現

(2015/05/05)

《鹽分地帶文學》第五十八期，二〇一五年六月

輯一

詩與生活

小草之歌

我們是卑微的小草
抓緊根下一點點土
串連成一片綠意
我們庇護大樹成長
是地球的環保小天使
我們無私愛護大地

我們是卑微的小草
牽著小手向前行
天涯海角處處都有

我們小小的影跡
石縫中也能蹦出來
即使沙漠中的綠地

我們是卑微的小草
愛護巨大的樹木
請從愛護小草做起
整理公園綠地
千萬不要斬草除根
請留我們成長的餘地

《中華日報》中華副刊 二〇一三年六月四日

時間哲學

每一個剎那
都是一個結束
也是一個開始
時間源源流動
剎那躍入永恆

無限的光
穿透了萬年黑暗
廣闊無垠的空間
塵世，有過繁華

如大唐盛世長安
無可逃脫　寂涼
如佛說法的舍衛城

興衰如潮水起落
看見有也看見無
徹底放空了執念
遮蔽一時敞開
曾在，現在，將在
同時湧現
心花朵朵開

（2012/01/04）

《中國時報》人間副刊 二〇一二年十二月十四日

生活

我們今天不可能預見
我們明天將知道什麼
甚至我們今天不可能知道
我們明天要死還是會活

我們只能為當下而拚一口氣
為當下而活，工作
欣賞美景享受生活
看雲、聽海，融入自然的懷中
如嬰兒在母親子宮

安安穩穩生養
在宇宙裡胎息

靜待明天的到來
一天又一天
滿懷著期待
生活過每一天

（2014/05/15）

《中國時報》人間副刊 二〇一四年十月十日

我的詩

詩藝突破了一層
又一層，僅有
少數知音欣賞
我有不被大眾發現
隱身人的樂趣

美當然隨處可見
還有更深層的美
必須再三耕耘
打開層層外罩

才直映本心
我的詩謳歌美
也就謳歌了
因緣和合的生命
並與之相隨

（2013/07/10）

《中國時報》人間副刊 二〇一三年十二月十一日

草根

小小草的根
與大樹綿延深長的根
一樣抓住大地
不讓地球逸失軌道

我們老地球
地心引力
讓我們安穩
在太陽系安頓

（2014/05/10）

《文學台灣》第九十一期，二〇一四年七月十五日

吳哥城（Angkor Thom）

人來過，眾神來過

高棉人建造雄偉王城
四周環繞護城河
周長四古里平方
十字型街廓
王宮、寺廟、水池形構了
小千世界
象徵宇宙的山與海
國王頭像高聳塔頂

微笑面向四方
人民安居，文明發光
微笑高棉

逃避戰火威脅
人走了，走了
植物生機蓬勃
逐步佔領了空間
石頭城湮沒在
大荒時間
淪陷成眾神的墳墓

後來的探險者、旅人
驚嘆柬埔寨古文明
無情時光威力

令人一再太息

（2014/11/21）

《鹽分地帶文學》第五十五期，二〇一四年十二月

註：一古里約長四公里。

除夕

一年最後一天
翻過又是新的一年
在夜裡，我靜靜
聽時間走過的聲音
看光影緩緩地移動

這一夜，同每一夜一樣
這一天，也是同樣的一天
意義就是不一樣
跨過午夜十二點

就是跨年了

都市的人集結市中心
冷天寒風中相互取暖
倒數計算，數數目字
時辰到來，施放
大量美麗的花火

將整個天空
妝點彩秀出五顏六色
炫耀斑斕
瞬間分秒的停駐
吸引人眼目

大寒冷天，黑暗夜色裡

太陽即將上來
新的一天
新的一年
就快露臉了

一秒秒，一分分
黑暗即將過去
太陽就快露臉了
聽時間走過的聲音
看光影緩緩地移動

（2013/12/31）

《台灣現代詩》第三十七期，二〇一四年三月

勞動

彷彿無所事事
寫詩是精神勞動
放牧靈魂四處探索
以自己的語言
寫下眼見耳聞

如同音樂
以抽象的曲調音符
串連心情起伏
譜寫萬事萬物

演奏家盡情演出

如同美術
以線條捕捉現象
以三原色調和
呈現繽紛的世界
釋放了美的本質

（2015/03/25）
《中華日報》中華副刊 二〇一五年四月二十六日

詩與音樂

詩向音樂靠身過去
語言流動自然的節拍
雲在青空自由變幻
非分明具象
可以是任何意象
地上的水滲透地表
植物繁生新綠
一大片花花草草
隨風搖動

我的眼之眼
心之心，耳之耳
呼吸之呼吸
與自然合拍
隨之以詩化現
詩向音樂靠身過去
語言流動自然的節拍
無中生有，創建
一個個全新的意境

（2012/05/25）

《聯合報》聯合副刊 二〇一二年十一月十九日

靈肉

生命是一場
艱苦的戰鬥
從未出生到出生
既要與看不見的
細菌，長年戰鬥
肉體要承受
不知名的疼痛
沉默的器官
勞苦，過度使用
莫名的各種病

又隨時等待伏襲
肉身傷痕累累

我的靈魂渴望
進入，既無有
又無沒有
空靈彼岸
在無量光
照撫之下安息

（2014/01/15）
《中國時報》人間副刊 二〇一四年二月十四日

聽朗誦葉賽寧詩

我聽不懂俄國語言
不懂得具體文義
從聲音的抑揚頓挫
節奏與押韻
聽見了土地的聲音
一大片的森林
躍動的生命
對大自然的熱愛
對民族語言的珍重

彷彿有大雪落下
馬兒踏著雪跡前行
勞動人民，大清晨
冒著冷風勤奮工作
為生活而奔波

彷彿有大雪落下
一片白茫茫北國的大地
白樺樹迎風矗立
充滿了生機
森林正在唱歌

彷彿有大雪落下
婦人在燈前做女紅
編織著美夢

等待著為國打仗的丈夫
平安歸回家園

彷彿有大雪落下
遮白了群山峻嶺
明春化成灌溉的水源
一切都有了期待
心頭盈滿希望

（2013/11/15）

《自由時報》自由副刊 二〇一四年一月十九日

葉賽寧：一八九五—一九二五，二十世紀俄羅斯最有影響力的詩人之一。

輯二

人情如潮

母親如月

還沒來得及命名
化育萬物的光
在母親的頭頂閃亮
母親是第二個神
以生命的乳汁餵養
未開眼的幼嬰
找尋到奶頭

曾經插入羞於命名之處所
探索越過狹窄通道

子宮借給胎兒成長
帶著額外的肉體負擔
無怨無悔，孕育
九個多月，再經
撕裂的產痛
驚天動地，火山爆發
將生命產下
將軟綿綿的幼嬰
拉拔長大成人

再平凡的母親
都是聖母，頭頂
光環，閃閃發亮
如月普照
光輝滿盈

《中國時報》人間副刊 二〇一四年五月二十七日

（2014/05/04）

部落

太陽高懸雲層上頭
不動的山橫身大地
從背後透出亮光
下游還有再下游
基隆河匯入淡水河
蜿蜿蜒蜒流動
不時閃映銀光
活生生的水蛇
穿過關渡平原
穿越重層時空

貓裏錫口，里族
上下塔塔悠
數百年，沿著河岸
自由自在的過生活
種植小米、稻米、蔬果
甘蔗、芋頭、蕃薯
種麻編織衣服
在河裡撈捕貝殼、魚蝦
獵場圍捕山豬、梅花鹿
跟著月亮起伏
祭拜祖靈，唱歌跳舞
尋找匹配的男人
歡心迎納
情慾的水灌溉

生機蓬勃
等待莿桐開了紅花
過了一年，又過了一年
生養一大堆後代
如果男人好吃懶做
就趕出家門
男人死了再納男人
人丁多了蜂滿岫
看了就是歡喜

而今，山腳下
大樓群居如林
地貌改變又改變
平靜，一如三、四百年前
盆地，曾經陸沉

坍陷成台北大湖
部落的人流離
尋找適當的土地
墾植、營生
一代又一代
遍歷改權改變
直到被異文化同化
忘了原本的出身
只有血液留下
種族的記錄

追溯血脈源流
如溯溪河而上
蝴蝶棲息的河谷地
再過去是

與世無爭的
世外桃源
心靈的故鄉

（2012/06/16）

《鹽分地帶文學》第四十一期，二〇一二年八月

Mumu九十九大壽

——孫貴花女士(tivtiv)

兒孫們歡聚滿堂
Mumu今年九十九
生命的列車前進
火車母快快樂樂
朝一百前進

Mumu經歷大風大浪
Mumu有大山依靠

Mumu有大川護持
Mumu有大海的女兒環繞
在壯麗的大山大海之間
生命的水源不斷

流經卑南平原
Mumu是豐饒的大地之母
Mumu庇護了兒孫
遍及所有的人

今天我們來給Mumu祝壽
Mumu回以我們慈藹的笑顏
還有無所不在的母愛
我們虔心祝禱Mumu
一如年輕時代

農忙工作之閒暇
嚼檳榔，吟唱歌謠
男女一起蹲跳舞（baenggaen）
吞吐香煙、喝喝小米酒
年復一年安享天倫樂
健健康康吃百二

Mumu那時回想九十九
還是小朋友
我們都是小嬰孩
在祖靈的懷裡搖啊擺
大家笑嗨嗨

（2012/06）

孫母壽宴上朗頌 二〇一二年六月八日

Mumu百歲大壽

——獻給孫貴花女士

Mumu一百歲
人間第一名
小學生一百分
已經到了頂
壽命繼續長下去
數目要重新再來數
1、2、3、4、5……
要是太誇張了
一百減回去

99、98、97……
精神越來越年輕
氣也越來越旺盛
今天我們又群聚一堂
給Mumu祝壽

大山大川及姊妹們
又唱歌又跳舞
老萊子娛老母親
Mumu笑嘻嘻

孫輩、曾孫輩
花開散枝葉
圍起來一大群
以Mumu為中心

將優良的遺傳基因
一代一代傳下去
遍地都開滿了
卑南寶貴的花
圍繞老壽星
人間第一名

（2013/06/08）

《鹽分地帶文學》第四十六期，二〇一三年六月

一百零一歲

——給孫大川母親生日

一百加一歲一〇一
像摩天大樓聳立雲端
活過一個世紀
看遍花開花落
朝代一代代興亡

只管兒女平安成長
孫輩孫孫輩枝葉繁茂
向祖靈祝禱

歸依天主懷抱
每日玫瑰經、念珠
一遍又一遍
生命何等美好

一百零一歲，越過雲端
越活越回去
彷彿年輕的少女
牽手唱歌跳舞
與家人盡興歡悅
忘了所有的不愉快
只記得一切美好

只記得生命的美好
啊生命的美好

（2014/06/10）

《鹽分地帶文學》第五十四期，二〇一四年十月

Mumu一百零二歲
——獻給孫貴花女士

簡單過生活
一年過了又一年
轉眼經過百歲
如今一百加二
再不久快要來到
「健康呷百二」
Mumu是幸福的人

出生於卑南平原

祖先的文化孕育成長
經歷過不同的朝代
以及各國的政權
管他各種國語
在部落中一直說卑南語
母語是文化的根本
祖靈的連繫

勞動就認真勞動
休息即完全放鬆心神
嚼檳榔，喝小米酒
興來，唱歌跳舞
與族人打成一片
下檳榔部落雖小
文化深且遠

會所制度繼續推行
一代代年輕人
接受巴拉冠洗禮
勇敢保衛家園
外來文化不斷侵略
卑南文化仍然強而有力
母語仍然復振

Mumu看在眼裡
心裡實在高興
Mumu是幸福的人
今年歡度一百零二歲
孩子們百無禁忌說：
「妳還是健康的活著

我們怎麼敢死呢！」
一大家族快樂生活
笑聲歌聲常傳部落

（2015.05）

孫母壽宴上朗頌 二〇一五年六月六日

府城小吃

味道是頑強的記憶
童年的鄉愁

幼童的我，早上扶著
小腳的阿媽，緩緩
步行到水仙宮市場
購買魚肉鮮蔬
一攤接過一攤
常常迫不及待，到附近
富盛號吃碗粿

金得春捲吃潤餅
阿媽捨不得吃，看著
憨孫吃得眉飛色舞
年幼的我，以為理所當然

黃昏，點心時間
嫌阿媽小腳走得慢
要了錢，自己快步
經小公園，米街到石舂臼
吃米糕、蝦捲、醃腸熟肉
回來必須咬著土豆、蝦仁
張開嘴接受阿媽檢查
證明確實吃過
沒拿去亂吃零食

啊！年深月久
阿媽早就進塔幾十年
我依然是阿媽的憨孫
心中幸福常在

（2014/04/20）

《自由時報》自由副刊 二〇一五年七月二十二日

走失的貓

走失的貓
找不著回家的路
也許像家中女貓
深夜斷續悲鳴到黎明
想念不稍停

又也許玩瘋了
忘了回家的路
牠沿路招惹女貓
或與公貓打架

願環境能逼出野性

家人四處找尋
著急如同尋找愛子
如迷路回不來家
希望有善心人收留

（2014/04/06）

《台灣現代詩》第三十八期，二〇一四年六月

祖媽與曾孫女

——給詠靜

新正年頭
突然憶起阿母
離開人世間
已經五年多了
往昔過年過節
必然回家探望
從領紅包
到給紅包

收與受之間
幾十年過去了
包含無限的親情

孩子攜家帶眷
回家來拜年
祭拜堂上祖先
給父母紅包
我們也給小孫女紅包
小孫女剛過度晬不久
很可愛，搖頭晃腦
像阿妹跳著可愛舞步
惹得兩老哈哈笑

輕聲叫阿媽叫阿公

啊！都已是阿公了
小孫女該叫阿母祖媽
她是阿母的曾孫女
一條看不見的血緣
緊緊綁住了親情

曾孫女見不著祖媽
我在她的小臉上
瞥見了阿母的某些神影
生命是那麼不可思議
小孫女有一天
也會成為媽媽
祖母與祖媽

從遙遠的時空而來

小支流匯合成一條
綿延不斷的
大生命長河
支流也不斷吸納擴張
擴張親族的網絡
不僅在台灣而已
或許地球的任一角落
或許荒涼的月球
甚至遙遠的火星
甚至溢出太陽系

（2014/02/08）甲午年 正月初九 天公生
《創世紀》第一七八期，二〇一四年三月

台灣俳句
——滿月　給詠靜

一

滿月的嬰孩
圓潤潤的臉
如佛陀純淨的笑顏

二

陰陽累世的渴愛
受孕裂變成就人形

開天闢地的小嬰孩

三

小嬰孩泛起微笑
單純近於無限
穿透人情義理的世間

四

母親懷抱的小紅嬰
溫暖與安全感俱足
循聲探索外在的動靜

五

父與母與小紅嬰
人人都有自己的光

恍惚天使臨降

（2012/11/16）

《鹽分地帶文學》第四十三期，二〇一三年八月三十一日

還曆

——給孫大川

北回歸線以南
卑南山上的一滴水
匯流成平靜的小河
流過美麗的高原
流過高山與低谷

流成憤怒的河

與天無爭的卑南族
爭現實生存的空間

與島上的各個族群相爭
與強勢的國家體制相抗
清化、和化、漢化
所有都免不了
番才是本色
生番才免被煮熟
憤怒的河，流向平原
匯流族群的血淚
流成哀傷的河

哀傷的河，繼續流
從祖先留到子孫
也是一條川流不息的河
母文化源源匯流
流成平靜的河

緩緩流向大海洋

河川平緩的水面
水緩緩流動
映照出斜陽
反光閃閃發出亮光
溫和多變化的色彩
五光十色，轉眼間
翻轉成朝陽的光澤
旭日初升的朝顏
猶如嬰兒的笑臉

（2012/12/18）

《鹽分地帶文學》，二〇一三年二月二十七日
《中國時報》人間副刊 二〇一三年三月四日

輯三

時光印痕

深情

回憶是無盡的
未來，背景音樂是
柴可夫斯基A小調
鋼琴三重奏。過去
現在與未來時空
不斷對話。弦樂
顫音與鋼琴互道心聲
清純愛戀的心靈
瀰漫過時間的久遠
強烈的愛情，埋藏

強烈的情慾，久久
不能自已。即使
隨著遙遠的距離
心中的一團火
始終熊熊燃燒不停
愛永不止息

愛永不止息
樂音不停回響起
來自遙遠的時空
回旋你我內心深處
我們在彼此身上
找到了自己的影像
久久難以忘懷
愛情與宿命糾纏

即使分隔，即使老病
依然彼此吸引
精神抖擻地甚快板
流暢的行板
熱情如火的快板
即使悲哀的緩版
一樣來自靈魂的
深情歌詠

（2014/09/03）

《文學台灣》第九十二期，二〇一四年十月

傳奇

——米佛峽灣

南島與世無爭的毛利人
稱呼Piopiotahi的地方
是歌唱的畫眉鳥之地
我們來到Miford Sound
峽灣也是美麗的聲音

米佛山勢雄立水邊
探頭傲視雲霧端
時有瀑布垂天而降
廣闊的海域峽灣蜿蜒

風景變化奇幻
彷彿不在人世間
風吹，水波動開來
自然吹奏大地之音
帶我們進入遠古洪荒
進入神祕的邊境界線
進入不存在於現實的
未知次元的雲霧之鄉
綠水下有幾隻海豚
逐船隨行，有時躍起
輕裂的嘴角洋溢著
嬰兒無邪的微笑

天空偶有雨絲漂蕩下來
雨水中的單寧酸

微微改變了透光率
連綿的山勢與風景
更加虛浮夢幻連天
突然一道彩虹出現
連接現實與夢境

有個人攜手一個人
循聲歌唱的畫眉鳥
進入峽灣的深遠處
再也沒有從海角出來
再也沒有出來

（2006/11/25初稿）
（2012/12/01二稿）
《中國時報》人間副刊 二〇一三年二月一日

女人樹

走在山徑健行的女人
一步一步跟著隊伍前行
滿山綠意盈滿生命力
身體流汗是美好的事
走累了停歇在巨大松樹
露出土面的板根上

吹風，回想來時路
瞻望未走過的前途
女人頓時坐成風景

成為一株移植的樹
女人與樹互為一體
山河大地增生色澤

路，當然還是要趕
有朝落地生根也是必要
女人樹遍地成蔭
枝葉延伸繁衍

（2015/04/15）

女性詞性變化

女性是主詞
被教育成了被動詞
再來是受詞
然後是形容詞
再來是副詞
最後是虛詞

這樣不對喲
應當是主詞

動詞、能動詞
驚嘆詞
其他詞性是裝飾
構成絢麗的詩篇

（2013/03/08）
《鹽分地帶文學》第四十五期，二〇一三年四月三十日

天與人

無涯的宇宙
星球孤寂存在
地球在銀河左旋臂
日復一日年復一年
引力環繞太陽轉動
天文數字，星體
散列於深邃空間
吸引天文物理學家
異想天開，追索
天仍持續擴大

云云眾生緣合
人是偶然的選擇
情感與理性具存
生滅，仍然一如
肉眼看不見的微生物
基因衍替突進，智人
在自己的小天地掙扎
追求無限大與無限小
探究生命的歸屬
以及可能的出路

（2014/11/11）

《鹽分地帶文學》第五十六期，二〇一五年二月

光之塔

——基督城

耶穌基督來過了
看看聖十字架
空空無人承擔
轉身又走了

基督接著來到南半球
紐西蘭南島的基督城
平原上高高聳立起教堂
一群人呼喊著上帝

我們旅遊到這裡
循石階盤旋而上
直上高塔的最高頂
狹小的空間
僅容一個人一個人
獨上光之塔

瞭望光
浴身光明之中
瞭望永生的
希望

（2012/12/12）

《笠》第二九五期，二〇一三年六月

海

突然一股力量
滿月拉起潮汐
浪潮洶湧翻騰
海面下珊瑚礁
觸手任意伸展出
捕捉浮游生物
蝦蟹貝屬躲在暗處
伺機奇襲而動
搖蕩水草間
各色魚群潛泳

覓食，各取所需
弱肉強食，上演
生命的劇場

一切取決於本能
以及偶然
瞬間決定生死
有些被吞噬
有些賴以存活
劇烈爭生存之後
又復歸平靜

海是藍色星球
活生生的大部分
死也是生命的必然
陽光照射海洋
碩大的鯨魚浮潛

出沒海面上
濺起大片水花
噴出白色水霧柱
神態從容不迫

海鯨追逐太陽
追逐風雲
追逐星光
追逐月亮
穿越過赤道
穿越回歸線
來回地球南北兩極
如巡弋海上的王

（2014/04/10）

《聯合文學》第三六八期，二〇一五年六月

愛情魔法

繞行過半個地球
行腳到魔戒的原鄉
虛實相伴而生
Roto是湖，rua第二
毛利人的第二大湖
羅托魯瓦小城
位於火山活躍地帶
到處是高熱的溫泉
地熱、硫磺味瀰漫
我辛苦來找尋

能隨意隱身變幻
古老傳說中的魔戒

有心，就會找到
是的，有心就會找到
心自由穿越時空
返回流光年華
燃燒青春的火燄

火山熱的地熱
陣陣湧冒出
白茫茫煙霧
羅托魯瓦湖
隨毛利人的部落
醉酒歡欣歌舞

在現場的我也醉了
戒指在愛情魔法
驅使下現／獻身
只給有情的愛人

（2012/12/15）

《創世紀》第一七五期，二〇一三年六月

貓王

——紀念林少貓（二〇〇三—二〇一四）

來去一陣風，少貓

再也看不到弓背拉腰
身影，再也聽不到
喵叫聲音，再也聞不到
貓騷味，再也摸不到
柔軟毛皮。唉！
我舌頭打結，內心默哀

貓王的影像，都刻印在
腦海的海馬迴
生氣勃勃，活潑靈動
一隻小老虎
花斑虎紋，生猛
是家中的王
每天巡行家園王國
仍然乘著風來
威風凜凜，王者氣派
少貓，來去一陣風

（2014/09/05）

《台灣現代詩》第四十一期，二〇一五年三月

貓與玫瑰

一

粉紅嬌豔的玫瑰花
輕輕綻放開來
微微露出了花心
散放淡淡幽香
舞動魅惑的愛

二

好動的虎紋貓
竄行於花叢

沾染了玫瑰花香氣
全身反倒滲漏出
貓騷撲鼻

三

青春綻放紅玫瑰
朝露滴滴濕潤了
隱密的裯褶
一瓣又一瓣的花蕊
瓣瓣幽香的花蕾

四

老貓氣定神閒
霸佔住我的躺椅
袒肚露胸自在舒服

此刻牠就是主人
幅射唯我獨尊的眼光

（2014/01/30）

《台灣現代詩》第三十八期，二〇一四年六月

輯四

黑潮洶湧

妙心

——懷念傳道法師

佛法無邊
關愛人與地球
大和尚身體力行
以心傳道
禪定雲遊皆風景

歲暮寒冬
走盡人間道
妙心海闊天空

隨境處處綻放
神聖的蓮花

（2014/12/30）

《文學台灣》第九十四期，二〇一五年四月
《弘誓》第一三三期，二〇一五年二月

洶湧

——紀念陳澄波

才華終結在子彈
射入無辜的身體
鮮紅的血四濺洴流

山河蠕動南國色彩
巨樹枝幹扭動
綠色超越綠更綠
紅色超越紅更紅
北方的丹頂鶴，飛來
南方嘉義公園

綠色的鳳凰樹
紅花朵朵輝映
生命狂飆的熱情
一切都付於繪畫
在畫中完全燃燒起來

年輕時代一再抒寫
淡彩裸女七百多件
各式的裸女風姿體態
自由揮灑線條與色彩
在柔軟的乳房
點上猩紅的紅點
在維納斯之丘
渲染黑森林
啊！波希米亞的解放

行旅異國異域
還是懷念南國的家鄉
寺廟、公園、淡水風光
凡彩筆落處都盈滿
對家人的愛
對家鄉的愛
對台灣的愛

一切都無可取代
美的澄波深淵
美的平衡感
啊！最終
美，波濤洶湧而來

125．洶湧

《藝術家》第四六五期，二〇一四年二月

（2013/08/15）

記憶的流動

——鄭梓教授《流動的記憶：近代台海兩岸關係史論》序詩

生命無法逆寫
記憶可以自由回去

生於中國國共內戰
與人民共和國同年
少年先鋒隊，紅領巾
海外關係，註定
會成為黑五類下放
兄弟不是終生受困

就是自我了結生命

反右，大飢荒
偕祖母逃離出國境
渡海尋求一線生機
台灣白色恐怖時代
獵紅，必要小心應對
隱瞞福州出生
艱辛且孤獨成長
少數好朋友，也只能
酒後吞吞吐吐訴說
語焉未詳的身世
一幅難解的拼圖
不若土生子在府城
身心語音優游自在

紅與白，兩邊都不是人
兩個家鄉，一樣情
解嚴後海峽兩邊穿越
生命無法逆寫
記憶自由流動
更深刻心領神會
歷代台灣人逃秦
艱辛的人白頭，回首
血淚斑斑的歷史

拚餘生寫下生命
紅與白的記憶

（2014/07/07）

《成大校刊》第二四六期，二〇一四年八月

山海之歌

——給老友林載爵

回到一個叫從前
的地方，太麻里
排灣語是日出之處
遠望太平洋中的綠島
一片火紅，也叫火燒島
海豚自由自在海域中
泅水，陽光的所在
太平洋的風自由吹送
雲天是大幅的畫

日夜，雲追逐不停
陽光透明，照射
深藍的海水，透明
大自然，開闊的空間
純淨，是我快樂的童年

行過千山萬水，回到
原生地，鄉下小地方
擁有整個海灣
太平洋就在眼前
潮來潮去，一如
雲自由來往變幻
天地遼闊，容納萬物
收容野放的心
整理山坡地，耕讀

遍憂傷療癒
我心喜悅實在
與天地山海共鳴
回到一個叫從前
的地方，太麻里

（2014/08/20）
《創世紀》第一八二期，二〇一五年三月

超級宇宙無敵講座教授

《儒林外史》、〈范進中舉〉已經夠瞧了
功名薰心，現在不僅是
博士，還要往上爬
助理教授（有六年條款）
副教授（孩子乘升學列車）
教授

升等到教授已經身心俱疲
醫院的常客（腸胃科、眼科、心臟、腎臟……精神科）
出入醫院如出入系所（記得明天還要看另一科）

仍不夠看

現在教授又分四級
特聘教授　　一次支領點數20分
講座教授　　80分　抵四次特聘
特聘講座教授　100分　抵五次特聘
一般教授是陽春教授　支領點數0分

0分從頭來
一篇論文　3分、5分
辛苦往上疊　血壓向上飆
眼力往下掉
怎麼算都達不到
「國科會補助大專院校獎勵特殊優秀人才」辦法
學術怎麼變成

小學生的算術了？

我心幻想
有一天醒來
成為超級宇宙無敵講座教授
成績破表
打敗教育行政官僚
宇宙無敵手

（2013/06/25）

《成大校刊》第二四二期，二〇一三年八月

不要變成第二個福島

福爾摩沙島美麗島
千萬不要變成
廢墟台灣
千萬不要變成
第二個福島
擋不住地震、海嘯
核電廠爐心焚毀
爆炸，恐怖的起始
空氣中、大地中佈滿
輻射塵，美麗的故鄉

瞬間成為可怕的地獄谷
人人拋棄家宅田園
紛紛逃難走避他鄉
來不及帶走的寵物
貓、狗還有牛、豬、羊
以及雞、鴨、鵝家禽
只好任其自生自滅

綠草依然青青
蔬果似乎長得很好
捕獲的魚蝦貝類
滲染了輻射塵
再也沒人敢食用了
日本第一福島核電廠
最早啟用的核電「乾淨土」

徹底的不乾淨了
進步的成為死滅
安全的成為危險
宣傳裡便宜的電成為
世世代代付不起的費用
家鄉被永久拋棄
原鄉成為永久的污名
即便遠走他鄉
也羞於承認出身的故鄉
永遠再也回不去的家
是一生永遠的痛
隱藏身上的輻射塵
不知那一天要發作
生命懸掛於驚惶
每天在恐懼中度日

且擔心禍延子孫
啊！核子反應爐
爐心熔毀之前
福島是安居樂業
經濟寬裕的福地
世居的善良人民
以純樸家鄉為榮
世世代代生養於斯
而今幾乎已從地圖
抹去，再也回不去

一場核電廠災變
改變了寧靜的過往
福島變成恐怖的名詞
遠甚於美國的三哩島

烏克蘭的車諾比
即使石棺封住核電廠
再也沒有兒童的歡笑
再也沒有老人
幸福度過餘生
有的只是內心
存在恐懼的陰影
疾病就要探頭
絕症不知什麼時候
會突然現身
沒有一天有安全感
沒有一天有免於恐懼的自由

人，還不能充分
駕御核電這頭巨獸

有時是無意的疏忽
有時是天然災變
人，無法抵擋
萬一的災難
萬分之一的機率
還是會碰巧發生
「沒有核安就沒有核電」
有誰能保證核安呢？
沒有，沒有人
就是神也不能保證
福島核電廠計算再三
誰能料到三一一大禍到來
超級大地震，加上強力海嘯
只要一個環節沒處理好
超級巨禍迎面而來

付出的慘痛代價
沒有人、沒有政府
負擔得起來
地上的人民流離失所
承受無法忍受的苦痛

日本三一一福島核變
教訓還不夠嗎？
在地震頻繁的台灣
坐落北海岸的斷層帶
不遠處海底還有活火山
核一廠、核三廠已經夠受了
還要以天文數字起造
併裝的核四廠
不斷的追加預算

不斷的拼裝再拼裝
更增加了不安全的係數
人民能夠安心嗎？
坐在一千顆廣島原爆
核子反應爐之上
能睡得安穩嗎？
人有免於恐懼的自由
廢核是唯一的選擇
非核家園是唯一的方向

福爾摩沙島
千萬不要變成
廢墟台灣
千萬不要變成
第二個福島

三〇九反核日
二十多萬人站出來遊行
台北街頭，齊聚
凱達格蘭大道
高喊：廢核救台灣
我愛台灣，拒絕核四
高雄、台中、台東……各地方
齊聲高喊：要孩子不要核子
從北到南，本島到離島
人人齊聲喊：我是人我反核
聲聲響徹雲霄
傳遍台灣每一個角落
凡有耳的就當聽

福爾摩沙島

不要變成第二個福島

（2013/03/11 日本福島災變二周年）

《成大校刊》第二四一期，二〇一三年五月

卡夫卡 KAFKA

張開招風耳
大眼睛的卡夫卡
似笑不笑，凝視
奇異的現實世界
每個人都是變形的蟲
在孤絕的環境
承受生存之荒謬
忍受周遭冷嘲熱諷
還是要生存下去

即使只是個代號 K
特務押進不知名城堡
好死也不如歹活
厚顏佔有地球
任一個小角落
未來不知是如何
也必要生存下去
反抗世俗，精神
是僅有的憑依

卡夫卡的生命
曲曲折折的軌跡
寫下文字的紙張
原本要盡數燒毀
而竟然留存下來

奇蹟回映了卡夫卡式的命運

《文學台灣》第九十期，二〇一四年四月十五日

（2014/02/28）

安安靜靜最大聲

——給林義雄先生

林義雄：

　不要看我一時

　看我一生

義人為台灣受苦
全世界的人都看到了
安安靜靜最大聲
他靜坐禁食禁言
為了掌權者蠻橫

不顧人民身家性命安全
繼續發展危險
不安全的核電

不是從今天開始
二三十年前環島苦行
默默千里行腳
精神感召有志一同跟進
一頂斗笠遮陽避雨
一雙布鞋踏遍島嶼
每一寸生養的土地
一顆愛心澎湃躍動
心喚醒心
形成良心的隊伍

只有掌權者
以經濟發展的理由
還有說不出口的原因
聽不進人民強烈的呼求
七十三歲的老者
挨不住幾天禁食
肉體折磨器官受損

我們知道義人的決心
掌權者絕不可輕忽
義人禁食受苦
而權力殺人
安安靜靜最大聲
禁食禁言
肉體散發愛的光芒

而全世界喧譁
希望時間暫停

（2014/04/22世界地球日）

《笠》／《新使者》第一四二期，二〇一四年六月

我們不知道
——鄭梓教授《光復元年》序詩

擺盪在光復
與降伏之間
台灣人何去何從？
後來會發生什麼事
我們不知道

我們在日本殖民時代
閩南、客家、高砂族揉成
台灣人意識

共用日本語溝通、說話
也尋求民族獨立解放

古老謎樣的支那
現實複雜的中國
我們如何面對
我們不知道

元年是起始的一年
台灣人是什麼人？
前途有什麼
在等著我們

鮮花還是枷鎖
陌生的「祖國」

如何對待棄養的孩子？
我們不知道

（2013/06/06）

《鹽分地帶文學》第四十七期，二〇一三年八月

註：光復與降伏，日語發音，皆為「こうふく」。

花鳥島

島是山鳥飛行
的驛站，過渡到
南方溫暖的地帶
過冬。春天又飛經
島嶼休息，遊戲
回到北方的老巢
生蛋，孵出下一代
帶著代代的基因
天寒地凍，又飛向
南方。島是山鳥

飛行必經的驛站
數千里的長途飛翔
就靠海中的島嶼
銜接漫長的旅程

鳥與島共生依存
鳥天生執行跳島戰術
排泄物遺放島上
讓花草、植物蔓生
海邊棕櫚樹、仙人掌
海芙蓉、山茶花開落
鳥屬於島
島屬於鳥
花草屬於島
島屬於花草

不屬於偶爾遠渡重洋
前來釣魚的人
花鳥島屬於鳥
屬於島上的花草
屬於島周圍的魚群
就是不屬於那一個
宣稱擁有的國家

（2012/12/30）

《文學台灣》第八十六期，二〇一三年四月

茶人

——奉茶葉東泰

南方有茶
茶字拆解開
草木之間有人
吸收日月精華

茶人葉東泰
其葉青青
林木有太陽升上來
春陽如水

年底封茶過長年
靜靜等待款款起變化
府城文化甘醇底
閒情奉茶　老茶

溫潤的茶
溫潤的人
溫潤的茶人生
茶香厚人情

（2015/01/11）

《中華日報》中華副刊 二〇一五年一月二十日

無聲的歷史

我們沒有歷史

朱一貴被迫沉默
林爽文被迫沉默
戴萬生被迫沉默
噍吧哖被迫沉默
二二八被迫沉默

沉默是台灣的命運

我們沒有聲音
我們沒有文字
我們沒有敘述
我們是一群徘徊
在地獄門口的亡魂

有的只是火
一樣的燃燒
灰燼也是熱的
探手一樣會痛

（2014/01）
《文學台灣》第八十九期，二〇一四年一月

黑潮

太陽的光芒
穿透黑暗靈魂
我們無懼惡靈
勇敢的打破
既有教條、法律條文
衝入立法院佔領（occupy）議場
向國民黨政府
大聲說不
大聲說：捍衛民主退回服貿
我們有不願交易的東西

我們有自己的夢想
我們不隨便被賣掉
我們堅持做主人

（潛藏木馬屠城
黑箱服貿條例
三十秒就要蒙混過關）

我們佔領議場
我們發動群眾佔領街道
五十萬人靜坐凱達格蘭
四周圍的大道
自動自發而來的黑衫軍
靜靜坐下來佔領空間
男女老少手拿太陽花

和平有力抗爭
退回服貿　捍衛民主

做對的事情
就毋需恐懼
我們持續佔領議場
堅持下去
政府頑冥不靈
我們召開人民會議
靜待更多人民覺醒
揭穿統治者的謊言

政府不正義
假自由貿易之名
傾斜向不自由一方

「賣了」了事
世代不正義
留下一大堆解不開的
矛盾社會議題

我們背負學貸
畢業找不到好頭路
即使有，22K起薪
不吃不喝一輩子
買不起自己的房子
一輩子當資本家奴工
還不見得能安度晚年
人間已是地獄
還要伊於胡底？

（反動的政府
反動的說詞
反動的國會
完全喪失監督功能）

不能不改變現況
否則完全沒有未來
台灣只有一個
「賣了」就沒了
我們重新定義
台灣與中國的關係
我們重新定義
台灣人
我們自己決定
台灣的未來

趁夜色籠罩
我們衝進立法院
衝撞佔領議場
衝開各路政客

天佑台灣！

（2014/03/30）

《成大校刊》第二四五期，二〇一四年六月
《鹽分地帶文學》第五十一期，二〇一四年四月三十日

電腦象棋

——給老友許舜欽

老友許舜欽教授
是電腦象棋的奠基者
本身棋力一、兩段之間
其設計的程式，有七、八段實力

從小陪老爸下棋
在有限的天地
風雲變色險中勝

是一種趣味

專長資訊工程
有心拓展人工智慧
研究與教學工作
是一種生活

啟動0與1二進位
超高速運算推理
變化莫測著先機
人對奕深不可知

興趣強化學術動能
電腦象棋出入巧門
程式計算，老子無為

嘿嘿，這是一種過癮

（2015/01/17）

《中華日報》中華副刊 二〇一五年三月三日

認同

常有人愛問起
你是中國人還是台灣人
明明不是中國人
但受中國教育
國文、歷史、地理、公民
無一不是中國構造
徹徹底底的洗腦
考試服公職
無一非中國
不中國即不愛國

然而血液、土地
皆有不同的呼喚
祖靈常盤旋心中

最安全的答案
我是台灣人，也是中國人
不過事關身分認同
當觸動敏感神經時
也等於兩者皆不是
我既不是中國人也不是台灣人
在生養自己的土地上
反成為疏離的異鄉人

我的父親一代

是台灣人，也是日本人
我的祖父一代
是台灣人，也是大清國人
每一代國籍不停改變
只有台灣的印記不變

幾世代落地生根台灣
如同原生的植物
必要母土才能健康成長
動物自然地神祕感應
即使游出海外的鮭魚
歷盡千辛萬苦，也要
逆河而上回到原生地
產卵，才安心死去

祖先埋骨的地方
是自己的家鄉
自己的國家
子孫成長的地方
是自己的國家
自己的家鄉

政府可能一再更換
我們活在西太平洋
亞熱帶北回歸線附近
美麗島嶼的人
才是島國的主人
牽手生養一代又一代
牽手保護自己的國家

175．認同

（2014/04/29）

《鹽分地帶文學》第五十二期，二〇一四年六月

輯五

社會百態

台灣俳句
——醫院

生

唯一有歡樂的地方
產婦痛不欲生
嬰兒冒頭新希望

老

生死兩端，邁步
衰老，渾身不對勁
經常找醫生訴苦

病

小病大病不斷
醫生一再對症下藥
終一發不可收拾

死

病苦折磨身心靈
醫生也束手無策
死是艱難的過程

（2014/12/15）

《文學台灣》第九十五期，二〇一五年七月

柯P新政

白色的力量升起
結合變身在野大聯盟
推倒藍綠的高牆
創意乘以婉君／網軍
捲動人民的意志

台大醫院重創科主任
葉克膜專家柯Ｐ
放掉一個個救人
競選首都台北市長
著手拯救病了的社會

透明上網市民參政
新政急急如火推動
政治老前輩殷殷交代
「謙卑冷靜忍耐」
「心存善念盡力而為」

小蜜蜂嗡嗡嗡上工
奉行公義不辭辛勞
當前政治風氣翻轉
將來都市面貌更新
當頭風潮立此存照

（2015/01/08）

《成大校刊》第二四八期，二〇一五年四月

老屋欣力
——兼賀紀州庵、齊東詩舍再生

過去一路行到現在
未來一直是現在進行式

穿梭過時間洗練
老房子時代工藝性
常民生活的空間資產
房子老了只能再利用
不可能再複製
大結構設法補強

小配件盡量修復
以適當的方法
讓老屋繼續存在
無言的氛圍
滔滔不絕透露
幾代人過往的故事
不同風貌老房子
文化沉澱下來
讓城市有了多采記憶
豐富的紋理

過去一路行到現在
未來一直是現在進行式

分佈各地域的老屋

守護在地傳統文化
珍惜多元常民生活元素
友善土地環境
營商不干擾鄰里社區
認同公益回饋
不炒作哄抬價格
成就居民美好的生活
造型展現歷史城市
獨特的格局與風貌

時間走過
人走過
文化走過
老房子一幢一幢
留下了見證

過去一路行到現在
未來一直是現在進行式

（2015/04/08）
《文訊》第三五七期，二〇一五年七月

身分證

不慎遺失了皮夾
夾中有身分證、駕駛執照
信用卡、提款卡、愛心卡
交換來的名片
還有幾張千元大鈔、匯票
錢丟掉事小
信用卡、提款卡可以掛失
銀行從身分證號碼
手機門號確認
其他證件也想辦法申辦

遺失身分證，沒有辦法
證明我是我自己
沒有身分證的自己
喪失了自己的身分
其實我還是我自己
不能證明是自己
身分證是我
還是我是我
我說我是我
依然不能算數
原先夾在皮夾中的我
更能證明我是我

我是誰？

誰是我？

（2015/03/10）

《中國時報》人間副刊 二〇一五年四月二十八日

詩兩首

詩與心

一首詩不能改變世界
一百首詩也不能改變世界
一首詩或許給人溫暖
透露黑暗心世界
一線光明進出的可能

一線光一線光匯聚
千道光束，推擠開
萬年暗黑的暗房

釋放被黑暗俘虜的心
自由飛翔

（2014/06/20）

言與詩——給詩人

語言是神奇的音符
藏在寺的寶倉
詩人隨意取出琢磨
璞玉閃亮的光芒
串成心念的念珠

寺是心追求真理的地方
容人自由來去掛單
每一人有每一人的話語

不盡情理追求成佛
有時合道而反常

（2014/07/08）

《台灣現代詩》第四十三期，二〇一五年八月

空間相對論

駱駝穿過針孔
天使在針尖上跳舞
微小的芥子
生命無限空間
容納下須彌山

富貴作弄人
捲動時代風潮
逆轉向生成
身困守豪宅巨邸

怨嗟地仄天逼

（2015/01/10）

《鹽分地帶文學》第五十七期，二〇一五年四月

虎口

鬧市喧譁
人心冷漠
匆忙的十字街頭
紅綠燈交替閃亮

車與車流
四輪或兩輪
人與人潮
兩腳或三腳

195．虎口

馬路危險虎口
車與人爭行
錯身閃過，狀況
險象環生

交通意外，死傷
隱藏的戰場

（2014/10/15）

《台灣現代詩》第四十二期，二〇一五年六月

政治相對論

國王不能非為
非為的國王
非王國國王
我的國王為非
非我的國王

國王不能非為
王國的國王
是非惹是非

我的國王非為非
政治迫害司法非為

（2015/01/10）

《鹽分地帶文學》第五十七期，二〇一五年四月

逆說

顛倒的世界
實質反面存在
肛門說（government）：「民有、民治、民享」
民為我所有、所治、所享
肛門說：「反攻大陸」
大軍困死海島
肛門說：「三民主義統一中國」

中國集權一統主義
肛門說：「不統、不獨、不武」
中國統戰無孔不入

肛門臭屁連連
放屁安狗心

（2014/08/25）

《笠》第三〇四期，二〇一四年十二月

政府取其諧音譯成「肛門」是阿美族詩人阿道之創意，不敢掠美，特加註明。

動靜

斜頂屋瓦坡列
黑貓趴伏在屋頂
安靜望向遠方
藍青色調海天
渾然一大片
漁船湧浪起伏

陸地的風景
海上前進的船

各自單獨存在
同時彼此形構
蒙太奇顯影
動靜異位對映

（2014/12/12）

《笠》第三〇六期，二〇一五年四月

油炸鬼

黑油流竄台灣
一而再，再而三
黑心商人大賺黑錢
賠上國民健康
損害無法賠償

黑心商人，住豪宅
良心掛在嘴巴上
大言不慚，高談
食品是老實人的生意

渾身生毛發角

花生油沒有花生
橄欖油滲摻銅葉綠素
調色，仿真百分百
錢、錢、錢，賺錢至上
一再降低成本
搜購餿油、工業廢油
進口人不能吃的飼料油
再製劣質油
黑心精裝販賣
政府無能放縱管理

全民深陷食安危機
一團團的怨念

化現地獄之火
牛頭馬面叉起
一個個黑心商人
紛紛下油鍋
滋滋聲響
油炸鬼。滋滋
此起彼落

（2014/10/20）

《文學台灣》第九十三期，二〇一五年一月

黃花風鈴

突然。群樹招呼群樹
擠掉綠葉，生命迸裂
花開爭先恐後
黃花風鈴爆滿枝頭
色彩高純度明亮
洋溢春的氣味

單調城市鮮活起來
一路點燃喜悅
風來，黃花風鈴動

為春天寫詩
感染一個個過路人
心花怒放開

群樹花海燦爛醒眼
欲挽留春天倩影
構思相對應的詩
一首詩正在進行
風來，黃花風鈴落
轉眼飄零過半

滿地花魂無聲
昨日黃花吹落盡
萌發新芽嫩綠葉子
枝條下垂紛紛孕生

不起眼長莢果實
一首詩仍在進行

（2015/03/15）

《笠》第三〇六期，二〇一五年四月

詩

輪子是腳的延長
翅膀是手的延長
夢是心的延長
潛意識超越現實
想像無所不能的能動

非現實，現實的解構
超現實，解構的現實
現實是藝術的素材
重新形構獨特的美學

五感可以互通
超乎身體的侷限
心如鷹鳥騰空飛翔
三維立體的空間
來去穿透自由

（2015/01/03 開筆）

《笠》第三〇五期，二〇一五年二月

誘惑

一位前總統
保外就醫，車在
高速公路上奔馳
一位現任總統
清廉即將破產
監獄空出位置
等待那一天
收押入監

一個扁

一個馬
權力是誘惑的魔戒
人性難以掌握
轉形期陣痛不安
台灣民主政治
不幸，合起來
騙

阿扁在監六年四十天共二千二百三十一天，病情嚴重，元月五號保外就醫。

（2015/01/05）

《笠》第三〇五期，二〇一五年二月

詩觀

詩是藝術的原型
文字營造意象
意象建構繪畫
音韻臨近音樂
語言活靈活現
透亮哲學的光
創意靈動
鳥飛過了
無留下痕跡

（2015/02/01）

《笠》第三〇六期，二〇一五年四月

日月潭

台灣心臟區魚池鄉
山城幽靜四處茶園
太陽月亮輪流升落
日月明潭並存
歲月安安靜靜過
傳統的舢板船
依序停泊於碼頭邊
捕魚的大漁網
散列於潭的四周
清晨霧靄瀰漫

黃昏湖光金燦

向山環潭自行車道
一路延長至水社
騎車沿途欣賞
美麗的山水風光
流動的動態景色
一一經過眼前
途經四百公尺長
水上自行車道
亮眼的世界級景觀
人彷彿馳騁於水面
快步騎乘風雲騰
自由如鳥雀飛翔
歡聲呼喊高歌

對岸遠傳回音迴盪
魚好奇跳躍出水
波紋漾盪開來
一圈又是一圈

後頭的自行車跟上來
一群追風的人
互相追逐超前

在寶島的幽勝美地
拚氣力騎車前進
汗流全身，舒暢
輕風迎面吹來
快活似神仙

217．日月潭

（2015.04.10）

《鹽分地帶文學》第五十九期，二〇一五年八月

跋

歷史與詩性的辯證

——《日光與黑潮》讀後

林巾力

林梵在成為歷史學者之前，便已經是一位完全的詩人了。十六歲初嘗詩的滋味，讓詩從此成為他的深情摯愛。然而，早慧的詩人畢竟沒有步上象徵主義詩人蘭波的後塵而早早地揮霍掉詩的天才，毋寧，是服膺了艾略特在〈傳統和個人的才能〉裡的諄諄告誡：對於任何想在二十五歲以後繼續做詩的人而言，「歷史意識」是必不可少的。林梵在就讀台大歷史研究所的期間，出版了第一本詩集《失落的海》（一九七六），當中收錄了他二十五歲以前的重要詩作。自此詩筆不輟，陸續出版《流轉》（一九八六）、《未名事件》（一九八六）、《青春山河》（二〇〇九）以及《海與南方》（二〇一二）等多部詩集。四十年之後當他正要從學院殿堂裡走出，《日光與黑潮》（二〇一五）的出現，更是讓我們見證林梵的詩，是一條有生命的河流，它還在肆意地奔流，還在淘洗著歲月的精華，而正是那歷史的意識，構成了詩人藝術充沛的源頭。

儘管，比起詩人林梵，我們更熟悉的可能是他的另一個身分——歷史學者林瑞明。但是，敏感的讀者或許會發現，林瑞明的歷史書寫，在龐大的史料與客觀的筆觸之間，依舊隱藏不住詩性的召喚。就像詩人透過語言召喚出詩想，作為學者的林瑞明透過人物與事件召喚台灣。他細細刻畫賴和、楊雲萍、楊逵與葉石濤們在歷史中的位置，他反覆推敲沉浮於時代浪潮裡的心靈，在在都是為了將原本模糊的台灣意象賦之以形。歷史書寫對他而言，並非僅是學術點數的累積，而是對自己身世的解答，詩意的棲居，是凝聚得以往前推進的力量。

我們總是認為歷史是客觀的存在，而歷史的書寫應當是冷靜而冷酷；相對的，詩性是對思維與生命的感悟，是情緒與美感的傳達。然而，偉大的歷史書寫，除了重建過去的事實，也在於它捕捉了普遍的人性，穿透了時代的心靈，而這正也是詩性的原點。所以反過來也可以說，一首動人的詩篇，不僅因為它觸及了個人的真摯情感，同時也讓人看見歷史的某個切面，聽見一個時代的共振與共鳴。而林梵的詩，正是歷史與詩性的相互滲透、辯證與統一。就像他早期的詩作，即便是穿梭在城市的巷道或府城的地景之間，也往往拉長了歷史的鏡頭，而將眼前的事物安置在更大的時間之中。以〈寧靖王故居〉為例：

我來，踱蹀過
三百年的古廟
迷失於晦翁褪色
筆跡剝落的石拓
煙塵中讀史
內心不免泛起
長久綿纏而來的
鄉愁

——〈寧靖王故居〉，《未名事件》

這首詩從眼前的古老建築跨越到明末遺民擎起的燭火、清朝滿大人的長袍馬褂、日本帝國的黑衣巡查，還有販夫走卒忙裡偷閒的一壺老人茶，時間是停不下來的跑馬燈。然而，石拓漫漶，風華褪盡，一切的形體與色彩終究只能在時間裡風化。這裡特別引人注意的是詩人與時間的關係，也就是說，詩人的意圖並非以時間的巨大反襯個人的微渺，而是告訴我們，歷史是恆久地纏綿在詩人心內的鄉愁，是當下與「我」同時存在的真實。這又使人想起艾略特所說的歷史意識：「過去不僅具有過去性，同時也具有現在性」，也即在林梵之中，台灣三百年以來的歷史與當下此刻是一個同時性的存在，它們共同構成了一個同時並存的秩序。

於是，在如此的時間意識底下，詩人並沒有讓「當下」被深不可測的時間所吞噬，也沒有使得無常的「個體」消解在宏大的歷史之中。對林梵來說，正是當下的此時此刻造就了歷史的實在。我們不妨來看〈某個時間的對位法〉當中的一節：

府城的遺跡，每一處

都充滿難忘的記憶
我們的祕密戀情
遠比台灣文化史
還要深刻綿長

——〈某個時間的對位法〉，《流轉》

在這裡，詩人反轉了個人的情愛與民族文化的時間刻度。按理，在巨大的歷史面前，「我們的祕密戀情」不過是微不足道的小情小愛，但對詩人而言，所謂的「祕密戀情」來自於個人的知覺、意志與情感的動力——換句話說，正是作為個體獨一無二的自我意識，才是一切事物的原點。於是，永恆的時間，無盡的宇宙，都因「我」的存在而獲得意義。林梵打從第一部詩集開始便有了如此的體悟：

閃爍的意象
永恆的詩

萬物流動
於我
海天極處
即有我
久經洗練的臉
自地平線
升起

——〈循環的景觀〉，《失落的海》

詩中的「我」儘管是作為「太陽」的隱喻，但也包攝了萬物皆起於「我」的含意。時光流轉，景物推移，時間猶如一首綴滿意象的永恆之詩，但，也唯有透過詩人的主體意識，以及對語言和意象的不懈追尋，才得以與之趨近。這構成了林梵的思想體系與詩作的主旋律，也即以自我為出發點，以詩性探照歷史的奧祕。而詩人對自我在時空之中的存在樣態所展開的思索，也終於在《日光與黑潮》中有了更為清楚的揭示。林梵在詩集的〈序詩〉中是這樣說的：

「我」如不存在
山川大地不存
萬事萬物就不存
上帝不存在
諸天神佛亦不存
……
所有必得有「我」
「我」就是中心
不管身處何方
「我」就是中心
以「我」延伸出去
光明與黑暗
都是「我」的分身

——〈我即你〉

這是詩人對讀者所作的存在主義告白。「我」乃作為存在的自覺，有了此一自覺的存在，才有所謂的思考與認知，也才得以進一步將之擴及上帝或諸天神佛的宗教與道德領域。存在主義者傾向於認為，存在先於本質，而個人的存在是獨一無二的，凌駕於人類之上的共通本質或至高無上的絕對律則是不可能有的。沙特曾在《存在主義是一種人道主義》中說：「人首先存在著，與自己遭遇，湧現於世界之中，然後定義他自己。」也就是說，人的存在是所有一切事物的前提，但，人的存在過程勢必遭遇各種磨難與困境，同時也會不斷地與他人產生矛盾與衝突。說到底，人畢竟是無法超越其所身處的現實環境的，但，儘管身處於存在的諸種限制之中，人有其選擇的自由，如此的自由是由自己所創造，同時也是必須由自己的行動來決定。

可以說，「當下是歷史的共時並存」的時間觀以及「以我作為存在出發點」的哲學，俱構成了《日光與黑潮》的思想核心。在經過了生活的各種歷練與身體感官的甘苦之後，詩人對於生命的存在也呈現了多維向度的體悟。尤其，近年林梵為病痛承受了許多折磨，身體猶如監牢一般將他束縛，但使人驚奇的是，這反而開啟了他在精神上更多的可能性。在多次進出醫院的最近幾年，卻也成為詩人創作最為豐沛的時期。如果我們僅以「超越苦痛」來概括解釋詩人爆發的創作力，不免過於籠統。或許應該說，詩人在與病痛俱在的時間與空間裡，內心的探索成為軀體不自由的另一種出口，對於詩性的追求亦成為病體對外試探的延伸。換言之，在如此的人生境況底下，詩人並非忽略了病痛而僅在精神上取得安慰，而是既看到生命的光亮也感受到黑暗，是直接面對了存在與虛無的相生幻化。那是一種對生命全面敞開的狀態，就如詩集名稱「日光與黑潮」所暗示的，詩人體認到，是光明與黑暗構成了生命的整體，但是光明與黑暗卻未必是對立的兩端，它們是同時的並存、一體的兩面。在詩集的〈時間哲學〉中，詩人捕捉了他對時間與存在的感悟：

興衰如潮水起落
看見有也看見無
徹底放空了執念
遮蔽一時敞開
曾在，現在，將在

同時湧現

——〈時間哲學〉

而這正是詩人林梵的豐富性所在。他將自己的存在舒展開來，讓當下此刻同時含納了現在、過去與未來，他擁抱痛苦與歡樂，興盛與衰敗，這些，全都鑲嵌在他雋永的詩句之中。不僅如此，對林梵而言，人亦是時間哲學的具體呈現。他在孫女的容顏與神情之中，看到了母親、以及更為古遠的母親們的側影：

曾孫女見不著祖媽
我在她的小臉上
瞥見了阿母的某些神影
生命是那麼不可思議
小孫女有一天
也會成為媽媽
祖母與祖媽

從遙遠的時空而來
小支流匯合成一條
綿延不斷的
大生命長河

——〈祖媽與曾孫女——給詠靜〉

家族裡的新生命也為林梵帶來新的啟發。小孫女雖是初來乍到於世界的生命個體，但詩人在她那裡看到匯集了遙遠時空的生命大河，人類古老靈魂的縮影。《日光與黑潮》是關於時間與生命的體悟，在這本溫暖的詩集裡面，林梵不以超現實主義式的奇詭意象取勝，也沒有後現代的喧譁與遊戲。詩人透過對歷史的觀照，對存在的反覆思索，尋找他心中的永恆之詩，而那正是存在於既生滅無常而又自足飽滿的生命本身。

我的詩謳歌美
也就謳歌了

因緣合和的生命
並與之相隨
——〈我的詩〉

作品發表索引

作品名稱	發表刊物	發表時間
我即你	《鹽分地帶文學》第五十八期	二〇一五年六月
小草之歌	《中華日報》華副	二〇一三年六月四日
時間哲學	《中國時報》人間副刊	二〇一二年十二月十四日
生活	《中國時報》人間副刊	二〇一四年十月十日
我的詩	《中國時報》人間副刊	二〇一三年十二月十一日
草根	《文學台灣》第九十一期	二〇一四年七月十五日
吳哥城	《鹽分地帶文學》第五十五期	二〇一四年十二月
除夕	《台灣現代詩》第三十七期	二〇一四年三月
勞動	《中華日報》華副	二〇一五年四月二十六日
詩與音樂	《聯合報》聯副	二〇一二年十一月十九日

靈肉	《中國時報》人間副刊	二〇一四年二月十四日
聽朗誦葉賽寧詩	《自由時報》自由副刊	二〇一四年一月十九日
母親如月	《中國時報》人間副刊	二〇一四年五月二十七日
部落	《鹽分地帶文學》第四十一期	二〇一二年八月
Mumu九十九大壽——孫貴花女士	孫母壽宴上朗頌	二〇一二年六月八日
Mumu百歲大壽——獻給孫貴花女士	《鹽分地帶文學》第四十六期	二〇一三年六月
一百零一歲——給孫大川母親生日	《鹽分地帶文學》第五十四期	二〇一四年十月
Mumu一百零二歲	孫母壽宴上朗頌	二〇一五年六月六日
府城小吃	《自由時報》自由副刊	二〇一五年七月二十二日
走失的貓	《台灣現代詩》第三十八期	二〇一四年六月
祖媽與曾孫女	《創世紀》第一七八期	二〇一四年三月
台灣俳句——滿月	《鹽分地帶文學》第四十三期	二〇一三年一月三十一日

作品名稱	發表刊物	發表時間
還曆——給孫大川	《鹽分地帶文學》 《中國時報》人間副刊	二〇一三年二月二十七日 二〇一三年三月四日
深情	《文學台灣》第九十二期	二〇一四年十月
傳奇——米佛峽灣	《中國時報》人間副刊	二〇一三年二月一日
女人樹		二〇一五年
女性詞性變化	《鹽分地帶文學》第四十五期	二〇一三年四月三十日
天與人	《鹽分地帶文學》第五十六期	二〇一五年二月
光之塔——基督城	《笠》第二九五期	二〇一三年六月
海	《聯合文學》第三六八期	二〇一五年六月
愛情魔法	《創世紀》第一七五期	二〇一三年六月
貓王——紀念林少貓	《台灣現代詩》第四十一期	二〇一五年三月
貓與玫瑰	《台灣現代詩》第三十八期	二〇一四年六月
妙心——懷念傳道法師	《文學台灣》第九十四期 《弘誓》第一三三期	二〇一五年四月 二〇一五年二月

洶湧——紀念陳澄波	《藝術家》第四六五期	二〇一四年二月
記憶的流動	《成大校刊》第二四六期	二〇一四年八月
山海之歌——給老友林載爵	《創世紀》第一八二期	二〇一五年三月
超級宇宙無敵講座教授	《成大校刊》第二四二期	二〇一三年八月
不要變成第二個福島	《成大校刊》第二四一期	二〇一三年五月
卡夫卡KAFKA	《文學台灣》第九十期	二〇一四年四月十五日
安安靜靜最大聲——給林義雄先生	《笠》／《新使者》第一四二期	二〇一四年六月
我們不知道	《鹽分地帶文學》第四十七期	二〇一三年八月
花鳥島	《文學台灣》第八十六期	二〇一三年四月
茶人——奉茶葉東泰	《中華日報》華副	二〇一五年一月二十日
無聲的歷史	《文學台灣》第八十九期	二〇一四年一月
黑潮	《成大校刊》第二四五期 《鹽分地帶文學》第五十一期	二〇一四年六月 二〇一四年四月三十日
電腦象棋——給老友許舜欽	《中華日報》華副	二〇一五年三月三日
認同	《鹽分地帶文學》第五十二期	二〇一四年六月

作品名稱	發表刊物	發表時間
台灣俳句——醫院	《文學台灣》第九十五期	二〇一五年七月
柯P新政	《成大校刊》第二四八期	二〇一五年四月
老屋欣力	《文訊》第三五七期	二〇一五年七月
身分證	《中國時報》人間副刊	二〇一五年四月二十八日
詩與心、言與詩	《台灣現代詩》第四十三期	二〇一五年八月
空間相對論	《鹽分地帶文學》第五十七期	二〇一五年四月
虎口	《台灣現代詩》第四十二期	二〇一五年六月
政治相對論	《鹽分地帶文學》第五十七期	二〇一五年四月
逆說	《笠》第三〇四期	二〇一四年十二月
動靜	《笠》第三〇六期	二〇一五年四月
油炸鬼	《文學台灣》第九十三期	二〇一五年一月
黃花風鈴	《笠》第三〇六期	二〇一五年四月
詩	《笠》第三〇五期	二〇一五年二月

誘惑	《笠》第三〇五期	二〇一五年二月
詩觀	《笠》第三〇六期	二〇一五年四月
日月潭	《鹽分地帶文學》第五十九期	二〇一五年八月

作者簡介

林梵

台灣台南人，一九五〇年生，本名林瑞明。台灣大學歷史研究所碩士，日本立教大學研究。曾任國家台灣文學館館長、成功大學歷史學系與台灣文學系合聘教授，現為成功大學名譽教授。著有詩集《失落的海》（一九七六）、《流轉》（一九八五）、《未名事件》（一九八五）、《青春山河》（二〇〇九）、《海與南方》（二〇一二）。另有林梵桃李52人合著的《南風——林梵還曆桃李集》（二〇一〇）。

INK PUBLISHING 文學叢書 457
日光與黑潮

作　　者　林　梵
總 編 輯　初安民
責任編輯　鄭嫦娥
美術編輯　陳淑美
校　　對　林　梵　鄭嫦娥

發 行 人　張書銘
出　　版　INK 印刻文學生活雜誌出版有限公司
新北市中和區建一路249號8樓
電話：02-22281626
傳真：02-22281598
e-mail:ink.book@msa.hinet.net
網　　址　舒讀網 http://www.sudu.cc

法律顧問　巨鼎博達法律事務所
施竣中律師
總 代 理　成陽出版股份有限公司
電話：03-3589000（代表號）
傳真：03-3556521
郵政劃撥　19000691 成陽出版股份有限公司
印　　刷　海王印刷事業股份有限公司

港澳總經銷　泛華發行代理有限公司
地　　址　香港新界將軍澳工業邨駿昌街7號2樓
電　　話　852-2798-2220
傳　　真　852-2796-5471
網　　址　www.gccd.com.hk

出版日期　2015年 9 月 初版
ISBN　978-986-387-055-5

定　　價　280元

國家圖書館出版品預行編目(CIP)資料

日光與黑潮／林梵著. --初版. --新北市：
INK印刻文學, 2015. 09
240面；14.8×21公分. --（文學叢書；457）
ISBN 978-986-387-055-5（精裝）

851.486　104016290